MARTINE
FAIT SES COURSES

★

Texte
de Gilbert DELAHAYE

Aquarelles
de Marcel MARLIER

Cet album reproduit l'édition originale parue en 1964.

http://www.casterman.com

© Casterman 2001

Imprimé en Belgique par Casterman imprimerie s.a. Tournai. Dépôt légal : octobre 2001 ; D.2001/0053/341.
Déposé au ministère de la Justice, Paris (loi n° 49956 du 16 juillet 1949 sur les publications destinées à la jeunesse).

ISBN 2-203-18271-7

Ce matin, la maman de Martine lui a demandé d'aller faire les courses au supermarché.

— Surtout, fais attention à ton petit frère. Et ne perds pas la monnaie. Papa viendra vous chercher à la sortie.

Donc voilà Patapouf, Martine et son petit frère Philippe à la porte du magasin.

Au supermarché, il y a de la lumière partout, de la musique... et des marchandises pour toutes les bourses.

— Allons voir les jouets, dit Martine.

Au rayon des jouets, on distribue des ballons, on vend des souris mécaniques, des poupées qui parlent, des canards qui boitent.

— Moi, demande Philippe, je voudrais bien acheter l'avion à réaction.

— Voici un avion... et un ballon rouge pour le petit garçon, dit la vendeuse.

Il y a beaucoup de monde, le samedi, dans les grands magasins. On va d'un rayon à l'autre. On s'arrête. On repart. Patapouf finit par se perdre.

Les gens portent des sacs, des paniers, des cannes, des parapluies.

— Voilà un petit chien qui a eu une bonne idée. Il a mis des roulettes. Il porte un bien joli collier. Bonjour. Tu n'as pas vu Martine par ici ?

Martine est au rayon des disques avec son frère.

— Je voudrais écouter le « Chat botté », dit Philippe à Martine.

La vendeuse a mis le disque sur le plateau.

— Je n'entends rien dans l'écouteur, dit Philippe.

... Comme c'est bizarre!

... Essayons autrement.

— Cela va beaucoup mieux.

Bientôt c'est la rentrée des classes. Il faut beaucoup de choses pour aller à l'école. Afin de ne rien oublier, Martine a tout inscrit sur son bloc-notes. Elle a dressé la liste avec sa maman : une ardoise pour Philippe, le petit frère. Deux cahiers pour Jean et une boîte d'aquarelles. Pour Martine, une trousse avec des crayons de couleurs, deux bics (un rouge et un bleu), une gomme, un taille-crayon, et pour papa, cinquante enveloppes.

On passe auprès de la nursery.

Là, on s'amuse bien. Le cheval à bascule est occupé à galoper. Mais il a beau se dépêcher, se dépêcher, il reste toujours à la même place.

Un peu plus loin, le manège ne demande qu'à se mettre en route. On y voit un chameau et une girafe.

— Ils ne vont pas si vite que mon petit âne, dit Philippe en tirant sur la bride.

Martine a fière allure sur son cheval blanc.

Au rayon de la bijouterie, on vend des colliers de perles fines, des boucles d'oreilles, des bracelets, des broches, des montres.

— Voici un joli collier, dit la vendeuse.

— Je préfère celui-là dans la vitrine. Je vais l'acheter pour faire une surprise à maman, répond Martine.

— Ce collier doit coûter plus cher que le mien, pense Patapouf. J'en ferais trois tours autour du cou.

— Le rayon des robes, s'il vous plaît ?

— Au premier étage, mademoiselle.

— Chic, on va prendre l'escalier roulant, dit Philippe en battant des mains.

— Non, pas celui-ci... C'est celui qui descend.

— ... Voilà celui qui monte.

Sautons sur la première marche. Il ne faut pas la manquer. Nous voilà partis.

N'est-ce pas que c'est amusant ?

Quel dommage, on arrive déjà... Attention !

Voici un choix de robes pour Martine.

— Voulez-vous essayer celle-ci ?

— Oui, je crois qu'elle m'ira.

— Elle est juste à votre taille.

— Est-ce que je peux voir dans le miroir ?

— Mais bien sûr, répond la vendeuse.

— Vous avez raison. Je suis très bien avec cette robe, dit Martine en se retournant vers la glace.

— Cette dame a l'air de me regarder d'une drôle de façon, pense Patapouf.

Il réfléchit :

— Peut-être bien qu'elle va me donner un sucre...

Il approche doucement.

— Ma parole, on dirait qu'elle dort debout.

— Mais voyons, Patapouf, c'est un mannequin.

Au rayon de l'épicerie :

— C'est par ici qu'on entre? demande Patapouf.

— Bien sûr, dit Philippe. Tu n'y connais rien. Il faut passer par les tourniquets... On va s'amuser à les faire tourner. Regarde comme ils marchent bien. On se croirait sur les manèges. Attention, tu pourrais tomber et te casser une patte!

Martine regarde sa montre :

— Dépêchons-nous, dépêchons-nous, papa va nous attendre à la sortie.

— Que vas-tu faire avec cette poussette? demande le petit Philippe, toujours curieux.

— Ce n'est pas une poussette, c'est un chariot pour mettre les marchandises.

— Est-ce que je peux le conduire?

— Non, tu es trop petit. Assieds-toi là avec Patapouf. Et sois bien sage.

Il en faut des choses à la maison pour faire la cuisine : du café, du sucre, de la farine, du sel, des légumes, des oranges, des pommes.

— Où sont les boîtes de petits pois ?

Là-haut sur l'étagère.

— Et le lait concentré ? Et la semoule ?

Voici des caramels au choix. Il en faut 250 grammes... et une livre de biscuits.

Le chariot se remplit à vue d'œil.

Tout ce qu'on achète, on doit le payer à la caisse.
— Aide-moi, veux-tu, demande Martine à Philippe.
On empile sur le comptoir le café, le sucre, la farine, le sel, les légumes, les oranges, les pommes, les petits pois, le lait concentré, la semoule, les caramels et les biscuits. La caissière contrôle les marchandises. Elle met sa machine en route... Voici l'addition.
Martine paie et vérifie sa monnaie.

Avant de quitter le magasin, Martine, Philippe et Patapouf sont allés se faire photographier à l'appareil automatique.

Attention, ne bougeons plus !

L'appareil se met en route.

Une, deux, trois, c'est terminé.

Que pensez-vous du résultat ?

Martine est réussie, n'est-ce pas ?

Philippe et Patapouf sont très bien aussi. Maman sera surprise quand on lui fera voir ces jolies photos.

Les courses terminées, on se retrouve à la sortie du magasin. Le panier de Philippe est rempli jusqu'au bord. Martine a les bras chargés de marchandises... Et ce ballon est bien encombrant.

— Je vais vous aider, dit Patapouf en sautant de joie sur ses pattes de derrière.

— Non, tu feras encore des bêtises.

Enfin, voilà papa qui arrive avec la voiture. Tout le monde est content de retourner à la maison.